"Dedicato a colei che è stata una mamma e una nonna fantastica e che adesso ci guarda dall'alto, Veronica."

*

Guarda di notte le stelle
Pensa a cose più belle
E dammi la mano.
Non ti lascerò cadere
Fra tanti giudizi,
Fra tanti misteri.

E ti lascerò la mano
Solo quando la mia si stancherà
Perché sarai pesante;
Troppo pesante per me.
Pesante di tentazione
Che ti porterà lontano
In mezzo a tanti giudizi,
In mezzo a tanti misteri.

E guarderai di notte le stelle
E penserai a cose più belle,
Ma non per via delle mie parole.

La debolezza non è vergogna.

*

Prenderei una foglia
E la spezzerei,
Per vedere se soffre.
E poi me ne accorgerei
Del suo fastidioso silenzio
Che mi spezza il cuore.

E finirei stupefatta
Dal fatto che il mio silenzio
Non abbia alcun valore
rispetto al suo.

*

Veniva dal buio
In cerca del suo saporito bianco*,
Per sentire le sue morbide mani,
Comprendere il suo strano sentiero:
Il mio nuovo vivere
Detto in una stranissima lingua…
Penso si chiamava "amore".

*

Eco.
Senza vita.
Poi di nuovo eco.
Ma cosa?
Ma certo,
Il Nulla.

*

Fra tanti colori
Non vedo che uno
Eppure è molto astratto.
Non ha né luce
e non è né scuro;
è il mio colore di pioggia,
Il mio puro colore:
Colore d'estate,
Colore di notte.

Tra le gocce di pioggia
Non c'è uguaglianza,
C'è solo similitudine.
Non hanno lo stesso suono,
Non hanno né occhi né bocca…
Eppure parlano sempre.

*

L'odore di mare che viene
Riporta il tuo ricordo.
La bocca…
Le mani…
Lo sguardo…
Scappano sulle onde
Del nostro odore di mare
che parte…

*

Oggi nascerai dalle polveri del fuoco
Che freddezza sopportarono nel accudirti,
Piccolo figlio del nulla che preghi
Sul dolce altare cruento.

Ne foglia che danzi per te
O pioggia che sordido viso pianga
Si presta al solenne dolor.

Quando gli occhi alzerai
Sulla fragile rosa del tuo destino,
L'insoluto senso d'amore
Che stringe la mano del volo
Nel corpo resterà a dormire.

Sotto la pioggia che suona il dolore
Spegnerai le inquietudini mai sazie di corpi.
Ti basta.
E potrai sempre rinascere tra anime eterne.

*

Nessuno può rapire i pensieri tuoi.
La musica che senti è soltanto la voce tua,
Gli sguardi che sorprendi
Sono soltanto il riflesso dello specchio,
Il calore che ti vibra addosso
E' soltanto il respiro tuo,
L'ombra che galleggia sulle mura
E' soltanto la mano tua
Che strappa un ricordo.

\*

Toccare le sue mani,
Ascoltare il suo timido respiro,
Rubarle un umido brivido,
Fermare il suo tremito…
Guardarsi e sorridere.

Ci separa una parola.

*

La candela ormai stanca
La teneva fra le mani.
La sua luce brillava
Nei suoi occhi grandi
Coperti da briciole di neve.

Il suo angolo bianco
Sembrava un piccolo letto lussuoso
In una casa immensa
Che non avrebbe mai scelto.

Le labbra rosse e dure
Soffiavano suoni acuti
Portati via dal vento,
Mandati forse nel cielo

Un attimo,
Un suono,
Uno sguardo
E la speranza spense la candela.

# *LA COSA PERDUTA*
## (racconto)

Le voci della cucina si intensificavano. Persino Albert, il gatto, decise che era meglio andarsene. Ma Catalina voleva sentire. Sentire e capire. Lei era molto curiosa, voleva sapere tutto e il perché di tutto. E' normale essere aperta alle novità e al mondo per una bambina di neanche 5 anni. Inutile però capire quello che si sentiva, soprattutto se a parlare erano degli adulti. Sembrava piuttosto una rissa tra galline e questo faceva divertire molto Catalina. Lei sapeva, o almeno così le avevano detto, che tutto ha un limite e nulla dura per sempre. Neanche un litigio.

Giocava con le ombre delle sue mani come per disegnare cose che la affascinavano ma delle quali non capiva ancora il significato. Bloccava così la presunzione del tempo. Perché si sa: il tempo è relativo. Il tempo si svela ai bambini come ospite mentre si incolla agli adulti e li succhia in una frenetica e dominante macchina rapinatrice; senza tracce se ne vanno e, a volte, non tornano più. Il tempo li dimentica o forse loro dimenticano il cammino.

\*\*\*

La porta della cucina si aprì. In silenzio, i passi si allontanarono con un suono aggressivo. La madre di Catalina guardava nel vuoto,

probabilmente in cerca di qualche risposta.
Persino Catalina capiva che si trattava di
questo, di trovare qualcosa... forse qualcosa
che aveva perso.
<Mamma! Mamma! Cos'hai perso?> Ma sua
madre sembrava non sentire.
Quanto mistero passeggiava tra quei corpi!

La mattina dopo nessuno si preoccupò di
svegliare Catalina tant'è vero che appena scesa
dal letto corse in cucina per vedere che fine
avessero fatto tutti. Ma nemmeno lì trovo
qualcuno.
"Chissà, saranno andati a fare colazione dalla
Zia Silvia" pensò Catalina
Dopo essersi infilata un paio di pantaloni che
stranamente non sembravano i suoi (forse
perché le tasche arrivavano fino alle ginocchia)
andò in cucina e si preparò la merenda per
l'asilo. Catalina non vedeva l'ora di cominciare a
crescere, di essere come sua madre. La parola
"madre" le sembrava una parte di un insieme.
Ma cos'era quell'insieme? ... questa domanda
era più difficile di quelle coi numeri che
facevano all'asilo. Almeno lì, qualcuno una
risposta ce l'aveva.

Quando arrivò all'asilo, vide con stupore dei
signori, tanti signori che aspettavano nell'atrio.
Catalina entrò e si sedette al suo posto. La
maestra entrò a sua volta con passo deciso.
Tutti i bambini si alzarono i piedi salutando
rispettosi e dissero la preghiera mattutina.
Subito dopo entrarono quei signori alti che
alternativamente cominciarono a parlare con la
maestra. Catalina capiva che doveva trattarsi di
una questione importante e chissà chi erano
quei signori!

Dalla bocca della maestra uscivano parole come educato, vivace, poesie, numeri, lettere, bravo, imbranato, timido, ma anche alfabeto, matematica, superficiale, identità. Catalina pensava che forse qualcuno di loro fosse straniero. ..impossibile! In quel paesino, di stranieri non ce n'erano.

Arrivata l'ora della merenda, Catalina iniziò a tirar fuori dalle immense tasche una cioccolata, un uovo crudo, del formaggio da spalmare e del pane. E adesso? Forse l'uovo doveva essere mischiato con la cioccolata e poi si doveva spalmare sopra il formaggio. E il pane magari lo si doveva mangiare dopo. Gli altri bambini erano affascinati e qualcuno un po' invidioso di quella strana merenda con la cioccolata. Al contrario, la maestra si avvicinò e chiese un po' preoccupata il perché di quella merenda conservata fino ad allora nelle tasche dei pantaloni. E poi quei pantaloni? Catalina, alzando le spalle, rispose:

<Ho preparato tutto da sola...> e la maestra rimase sbalordita.
Catalina pensava che forse alla maestra piaceva la cioccolata o l'uovo e magari voleva del formaggio e del pane.
<Ne vuole un po'? Magari l'uovo? Le galline della nonna sono brave e lavorano tanto>
La maestra sorrise, rispose di essere a posto e chiese a Catalina perché sua madre o suo padre non si erano presentati al colloquio.


_____ _____
<Mia madre è andata a fare colazione con la Zia Silvia e mio padre...la mamma non ha

ancora abbastanza soldi per comprarmene
uno>
<No... intendo dire tuo papà. Guarda, come
questi signori!> cercò di spiegare la maestra.
Ma Catalina non capiva. Quei signori dovevano
essere anche a casa sua? E poi sua madre non
aveva mai parlato del signore Papà. O forse la
mattina non c'era perché era andata a prenderlo
e portarlo all'asilo. Si, le cose stavano
decisamente così!

Al ritorno, trovò suo madre nel salotto. Stava
leggendo una specie di grande libro che gli
adulti chiamano giornale. Che bello essere
grandi! Puoi dare un nome a tutto.
<Ciao, mamma! Cosa guardi?>
<Ciao, piccola! La mamma sta cercando un
lavoro>

<Ahhh! E che cos'è un lavoro?>
<E' un posto dove le persone vanno per fare
diversi lavori e poi vengono pagate, con soldi>
<E cosa si fa con i soldi?>
<Con i soldi si comprano le cose, come il tuo
zaino, le matite e i quaderni, oppure come fa la
nonna Veronica: lei compra le galline>
<Che bello! Possiamo comprare tante galline!>
Catalina era felice, ma non riusciva a capire
perché sua madre non le faceva vedere quello
che aveva portato: Il signore Papà. Con la testa
bassa, lo sguardo perso, sua madre taceva
come se trattenesse un urlo. E Catalina vide
cadere sulle pagine del giornale piccole gocce
simili a quelle che cadevano a lei quando si
sentiva triste. La mamma era triste. Ma perché?
...ma certo! Aveva perso qualcosa, quella cosa
che la sera prima non riusciva a trovare.
Bisognava provvedere. Ma cos'era quella cosa?

Forse era il signore Papà. Si, doveva essere lui. Ecco perché non glielo aveva mostrato appena arrivata a casa, perché l'aveva perso.

Catalina si mise a cercare dappertutto, sotto il letto, sul caminetto, nel bagno, in cucina, persino nel pollaio. Nessuna traccia però. Quando entrò nella stanza della nonna si fermò nelle sue braccia:

<Nonnina, la mamma ha perso qualcosa. L'hai vista?>

<E cosa ha perso la mamma?>

<Un signore grande>

<No, la nonna non l'ha visto. E ha un nome questo signore?>

<Forse si, ma prima devo trovarlo, così la mamma ride>

E dopo essersi assicurata che non ci fosse nessun signor Papà neanche lì, uscì delusa e si mise a sedere. La nonna diceva sempre che se si perde una cosa definitivamente, l'unica soluzione è quella di sostituirla con un'altra, comprarne un'altra eventualmente. Corse felice dalla madre e si lanciò nelle sue braccia:

<Mamma! Mamma! Non ti preoccupare! Cerco anch'io un lavoro, così facciamo tanti soldi e compriamo tante cose!>

<Ohhh, mia cara bambina! Sei ancora troppo piccola per lavorare. Ma la mamma lavorerà e ti comprerà tutto quello che vorrai>

<Ma io non voglio tutto. Io voglio comprare quella cosa che hai perso>

<Ma io non ho perso nulla>

<Allora perché sei triste?>

<Quando crescerai capirai. A volte, gli adulti incontrano delle difficoltà che devono affrontare>

<Come fa zio Paperino con i cattivi?>

<Si, come fa lui>

<Mamma! Possiamo comprare una cosa che voglio io?>
<Certo! E cosa vorresti comprare?>
<Compriamo un Papà! Ce l'avevano tutti oggi all'asilo tranne me...>

All'improvviso calò il silenzio, gli occhi della madre si inumidirono e Catalina capì che era quella la cosa che aveva perso... che avevano perso.

*

Mi poso sulla tua spalla
E ti sussurro brividi.
Tu, anima silenziosa
Sospira e ascoltami.

Ti guardo a lungo mentre sogni
Vedo che stai cercando me.
Nell'illusione stai pregando
Che possa giungere a te.

Ma una lacrima è scesa
Sul tuo volto pallido.
Quanti colori nei tuoi occhi,
Quante speranze vivono...

Mi poso sulla tua mano,
Tu stringimi ancora un po'
Così che possa ricordare
Le lacrime che bagnano.

Così, il brivido rimane.
Io volo, tu ricordami
Racchiudimi nei tuoi pensieri,
Nei sogni che tradiscono.

"Dedicated to the one who was a great mom and grandmother, Veronica."

*

Watch at night the stars,
think of great things
and give me your hand.
I won't let you fall
among so many opinions,
among so many mysteries.
And I'll let your hand
Only when mine will grow weary
because you'll be heavy;
Too heavy for me.
Heavy of temptation
that will get you far away,
In the midst of so many opinions,
among so many mysteries.
And you'll look at night the stars
And you'll think of great things,
But not because of my words.

The weakness is not ashamed.

*

I would take a leaf
And I would break it,
To see if it is suffering.
And then I would take notice
Of his annoying silence
That breaks my heart.

And I would end up amazed
From the fact that my silence
has no value
compared to its.

*

It came from the dark
Looking for its tasty white,
To feel his soft hands,
Understanding his strange path:
My new life
Said in a strange language ...
I think it was called "love".

*

Echo.
Lifeless.
Then again echo.
But what?
Of course,
Nothingness.

\*

Among many colors
I can't see but one
Yet it is very abstract.
It has neither light
and it is neither dark;
it's my rain color,
My pure color:
Summer color,
Night color.

Among the raindrops
There is no equality,
There is only similarity.
They do not have the same sound,
They have neither eyes or mouth ...
And yet they always talk.

*

The smell of sea that comes
Brings to me your memory.
The mouth…
The hands…
The look…
They escape on the waves
Of our sea smell
that goes away…

*

Today you will be born from the powders of fire
What coldness they endured in caring for you,
Little child of nothingness that you pray
On the sweet bloody altar.

Nor leaf that dances for you
Or rain that sordid face cry
It lends itself to solemn pain.

When the eyes will rise
On the fragile rose of your destiny,
The insolent sense of love
Shaking the hand of the flight
In the body will remain to sleep.

In the rain the pain sounds
You will turn off the never-so-filled uneasiness of bodies.
It is enough for you.
And you can always be reborn among eternal souls.

\*

Nobody can abduct your thoughts.
The music you hear is just your voice,
The looks that surprise you
They are only the reflection of the mirror,
The heat that vibrates on you
It's just your breath,
The shadow that floats on the walls
It's only your hand
That rips a memory.

*

Touch her hands,
Listen to her shy breath,
Steal a wet shiver,
Stop her trembling ...
Look at ourselves and smile.

Just a word separates us.

*

The candle now tired
He held her in his hands.
His light shone
In his big eyes
Covered with snow crumbs.

His white corner
It looked like a small luxurious bed
In a huge house
He would never have chosen.

The red and hard lips
Sharp sounds were blowing
Taken away by the wind,
Sent perhaps in the sky.

A moment,
A sound,
A look
And hope blew out the candle.

*

It is heavy to hold in your hand
A dusty marble stone.
Heavy for me that I can hear
The cries of those dark voices.

I turn on the light and I feel silence.
The darkness is gone but night is anyway.
I hold out my hands and take the stone
Even colder ...
I turn around and look
How it burns in the palm.

*

There is no danger, there is no pain
If you can not fly anymore.
the fall is not down ...
the stars are desires ...


The hard stones, the dry land
They look at you, they talk to you,
They leave you to the dust.
You fly, they tremble.

* THE LOST THING *
(Story)


The voices of the kitchen intensified. Even Albert, the cat, decided it was better to leave. But Catalina wanted to hear. Feel and understand. She was very curious, she wanted to know everything and the reason for everything. It is normal to be open to the news and the world for a child of less than 5 years. Needless to understand what was felt, especially if talking were adults. It looked like a fight between chickens and this made Catalina a lot of fun. She knew, or so they had told her, that everything has a limit and nothing lasts forever. Not even a fight.
He played with the shadows of his hands as if to draw things that fascinated her but whose meaning she still did not understand. Thus the presumption of time was blocked. Because you know: time is relative. Time is revealed to the children as a guest while it glues to adults and sucks them in a frantic and dominating robber machine; without traces they leave and sometimes they do not come back. Time forgets them or perhaps they forget the path.


***

The kitchen door opened. Silently, the steps moved away with an aggressive sound.
Catalina's mother looked into the void, probably looking for some answers. Even Catalina understood that it was this, to find something ... maybe something she had lost.
'Mom! Mom! What have you lost?> But his mother did not seem to hear.
How much mystery was walking among those bodies!
The next morning nobody worried about waking up Catalina so much so that as soon as she got out of bed she ran to the kitchen to see what happened to everyone. But even there I find someone.
"Who knows, they will have gone to have breakfast at Aunt Silvia" thought Catalina
After slipping a pair of pants that strangely did not seem to her (perhaps because the pockets reached the knees) went to the kitchen and prepared the snack for the asylum. Catalina could not wait to start growing, to be like her mother. The word "mother" seemed to her a part of a

whole. But what was that set? ... this question was more difficult than those with the numbers they did in kindergarten. At least there, someone had an answer. When he came to kindergarten, he saw with amazement of the lords, so many gentlemen waiting in the hall. Catalina entered and sat down in her place. The teacher in turn entered with decisive step. All the children stood up saluting respectfully and said the morning prayer. Immediately after they entered those tall gentlemen who alternately began to speak with the teacher. Catalina understood that it must be an important question and who those gentlemen were!

From the mouth of the teacher came words like polite, lively, poems, numbers, letters, good, clumsy, shy, but also alphabet, mathematics, superficial, identity. Catalina thought that maybe some of them were foreigners.

..impossible! In that village, there were no foreigners. When it was time for a snack, Catalina started to get a chocolate, a raw egg, some cheese to spread and some bread out of the huge pockets. And now? Perhaps the egg had to be mixed with chocolate and then it had to be spread over the cheese. And the bread maybe you had to eat later. The other children were fascinated and someone a bit 'envious of that strange snack with chocolate. On the contrary, the teacher approached and asked a little worried about the snack that had been kept until then in the pockets of the trousers. And then those pants? Catalina, shrugging, answered:

<I prepared everything by myself ...> and the teacher was amazed.

Catalina thought that maybe the teacher liked chocolate or egg and maybe she wanted some cheese and some bread.

<Do you want some? Maybe the egg? Grandma's hens are good and they work a lot>

The teacher smiled, answered that she was fine and asked Catalina why her mother or father had not come to the interview.


<My mother went to have breakfast with Aunt Silvia and my father ... Mum does not have enough money to buy one>

<No ... I mean your dad. Look, like these gentlemen!> She tried to explain the teacher.

But Catalina did not understand. Those gentlemen must also be at home? And then his mother had never talked about the gentleman Papa. Or maybe she was not there in the morning because she had picked him up and taken him to kindergarten. Yes, things were definitely like that!

On his return, he found his mother in the living room. He was reading a kind of big book that adults call a newspaper. How nice to be great! You can give a name to everything.

<Hello, mom! What are you looking at?>

<Hello, baby! Mom is looking for a job

<Ahhh! And what is a job?>

<It's a place where people go to do different jobs and then get paid, with money>

<And what do you do with money?>

<With money you can buy things like your backpack, pencils and notebooks, or how grandma Veronica does: she buys the hens>

<How nice! We can buy lots of chickens!>

Catalina was happy, but she could not understand why her mother did not show her what she had brought: The gentleman Papa. With his head down, his gaze lost, his mother was silent as if holding back a scream. And Catalina saw falling on the pages of the newspaper small drops similar to those that fell to her when she felt sad. Mom was sad. But why? ...of course! He had lost something, the thing he could not find the night before. It was necessary to provide. What was that thing? Maybe it was the gentleman Papa. Yes, it must have been him. That's why he had not shown it to her as soon as he got home, because he had lost it.

Catalina searched everywhere, under the bed, on the fireplace, in the bathroom, in the kitchen, even in the henhouse. No trace though. When he entered Grandma's room he stopped in his arms:

<Granny, mom has lost something. Have you seen her?>

<And what has the mother lost?>

<A big gentleman>

<No, grandma did not see it. And does this gentleman have a name?>

<Maybe yes, but first I have to find it, so mom laughs>

And after making sure that there was no Signor Papa there, he was disappointed and sat up. Grandma always said that if you lose something permanently, the only solution is to replace it with another, buy another possibly. He ran happily from his mother and threw himself into his arms:

'Mom! Mom! Do not worry! I'm looking for a job too, so we make a lot of money and buy a lot of things! "
<Ohhh, my dear baby! You're still too young to work. But mom will work and will buy you everything you want>
<But I do not want everything. I want to buy the thing you lost>
<But I have not lost anything>
<So why are you sad?>
<When you grow up you will understand. Sometimes, adults encounter difficulties they face>
<How does Uncle Donald Duck with the bad guys?>
<Yes, as he does>
'Mom! Can we buy something that I want?>
'Of course! And what would you like to buy?>
<We buy a Dad! They all had it today in kindergarten except me ...>
Suddenly the silence fell, her mother's eyes moistened and Catalina realized that this was the thing she had lost ... that they had lost.

*

I place myself on your shoulder
And I whisper you shivering.
You, silent soul
Sigh and listen to me.

I look at you for a long time while you're dreaming
I see you're looking for me.
In the illusion you are praying
May it reach you.

But a tear has dropped
On your pale face.
How many colors in your eyes,
How many hopes live ...

I place myself on your hand,
You hold me a little bit more
So that I can remember
The tears that bathe.

Thus, the thrill remains.
I fly, you remind me
Enclose me in your thoughts,
In dreams that betray.

29397784R00025

Printed in Great Britain
by Amazon